KB197614

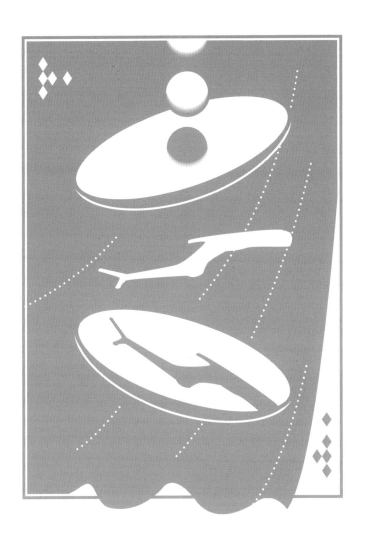

타이피스트 시인선 006

비 세 계

변 선 우

타 이 피 스 트

이토록 깨끗하게 펄럭이는 공간이라니.

구슬을 자아내 우연을 제작하는 순간이라니.

마치 무균실에 입장하는 검은 양이 되어

헐렁한 리듬이 되었다가, 잠들어 버린 밧줄이 되었다가,

빗발치는 종말이 되고 있다.

거울이 이글거리고 반복되는 세계가 있다.

2024년 10월
변선우

차례

1부 거리를 빚어 보세요 거리를 잊어 보세요

2부 저건 꼬마였고 이건, 종이학이었다

3부 앞뒤가 다른 사물은 좀 치사하다는 거야

1부

거리를 빚어 보세요 거리를 잊어 보세요

비세계

1

세계를 발견하였어요. 이 말은 세계를 발명하였다는 의미의 다름 아녜요. 나는 세계의 경계에 당도하여, 문을 밀어 열듯, 선을 넘어 입장하였어요. 새하얀 세계, 금방 새카만 세계……, 새하얗기도 하고 새카맣기도 하는 세계가 펼쳐졌어요. 복판에 사람들이 있었어요. 살충제 마신 벌레들처럼 반지르르하게 널브러져 있었어요. 바라던 광경이었어요. 너무도 돌아왔어요.

실신한 사람들에게 다가갔어요. 유목민처럼. 실신에 더욱 가까워졌어요. 주인공처럼. 실신의 복판에 도착하여, 한 사람의 얼굴을 빗겨 보았어요. 그러자 그는 몸을 비틀었습니다. 서둘러 손을 거두었고, 사람들처럼, 옷을 벗고 누웠어요. 몸을 말았어요. 보조개처럼.

2

실신한 사람들은 깨어났어요. 하나같이 개운한 표정으로. 말라붙은 눈물과 콧물을 닦으며 웃었어요. 한 사람이 나를 흔들었지만, 깨어나지 않았어요. 여전히 헤매고 있었거든요.

나는 실신을 경유하여 절벽에서 칠천 번의 추락을 감행하였으며, 그때 아버지의 얼굴에 이천오백 번째 침을 뱉고 있었거든요. 처음 보는 할머니가 느닷없이 나타나 나의 엉덩이에 매질하기 시작하기도 하였는데요, 벼락 맞은 박달나무로. 부지불식간에 나의 사지에 줄을 묶어 사방으로 당기는 사람들도 있었어요. 이윽고 끊어지면서 알았어요. 독립을 느꼈어요.

사람들은 계속하여 나를 흔들었고……, 나는 자발적으로 곤란하였어요.

3

내가 비로소 깨어났을 때, 찝찝한 표정으로. 사람들은 나를 안아 주었어요. 우리는 부드럽고 완고하게 밀착하였어요. 혈전처럼. 나는 그제야 눈물이 났어요. 콧물이 줄줄 흘렀어요. 포옹의 상태를 탐닉하게 되었어요. 나름의 당위가 있었어요. 흑미밥을 지어 먹겠다고 작정하였는데, 흑미를 깜빡해 버린 것처럼. 숨이 막혀 왔으나 포기하지 않았어요. 손톱을 세워 더욱 열렬하게 포옹하였어요. 가로막혀 있던 숲

에, 너무도 검던 바다에 빛이 도피해 오는 것처럼. 우리는 어
두워지기 시작하였어요. 세계의 거기로부터 나무가 솟아 그
늘이 발생하고 있었거든요. 눈을 감았어요. 이탈한 유체처럼.

비세계

1

세계의 표면을 긁자 부스러기가 발생한다. 너무 많은 세계를 발견해 온 탓인 걸까. 이번에 발견한 세계는 너무도 연약하고 빈곤한 것이다. 애매하고 적요한 것이다. 세계의 부스러기가 눈처럼 떨어지기 시작하면, 예정처럼, 바람이 분다.

2

흩날리는 회백색의 눈, 아래로 기차가 지나간다. 세계의 끝, 오물 처리장으로부터 출발한 기차는 속도가 늦다. 너무 많은 실패를 태운 탓인 걸까. 눈을 가르며, 기차는 세계를 비만하고 예사롭게 관통한다.

첫 번째 칸에 앉은 **회**는 대머리이고, 붉게 물든 손에 입김을 불고 있다. 세 번째 칸에 앉은 **비**는 아버지가 없고, 동공을 비운 채 스치는 풍경을 읽고 있다. 가령 전화선을 목에 감고 걷는 동네 친구 죽선이와 이윽고 잠에서 깨어나 뒹구는 돌. 기차에는 **회**와 **비** 이외 많은 사람이 탑승하고 있으나, 그들은 모두 실패한 사람이므로, 조잘조잘 다정히도 떠들어

댄다. 게워 내듯, 필연처럼, 승리와 성취를 역설하며 공감의 공동체를 구성한다.

비는 차창 밖으로 거대 천사상이 무너지는 것을 본다. **희**는 이유도 없이, 고개 숙이고 운다. **비**는 콧물 맛 알사탕을 꺼내 빨아 먹는다. **희**는 창백한 얼굴에 침을 바른다, 화사하려고. **비**는 귀에 에어팟을 꽂는다, 재생되는 음악은 고상지의 <마지막 만담>. **희**는 잊고자 잠에 빠진다. 바야흐로 세계의 복판에 놓인 분수가 멈추었다. 분수를 추동하는 발전소에서 유령 냄새가 풍기기 시작하였다.

회백색의 눈은 그침이 없고, 세계는 시나브로 점령당한다. 아니……, 세계는 점점 주저앉는다. 어디선가 풀썩, 하는 소리가 들려오고, 세계를 대표하는 몇 사람이 눈을 찍어 먹고 나서야 재난을 알아차린다. 그러나 때는 늦었다. 탈출은 요원하고, 성공한 사람들이 궁리를 시작하지만 그 또한 녹록지 않다. 기도를 시작하는 사람들이 생긴다. 포옹을 시작하는 사람들이 생긴다. 최후의 배변 활동을 위하여 뛰어가는 사람, 스스로의 살을 잘라 잽싸게 구워 먹어 보는 사람, 손톱과 머리카락을 불살라 그 가루를 파묻는 사람도 있다.

제정신세계

숲에 북이 있었어
얼굴만 한 북……
나는 다가가 두들겨 보았지
소리가 나더라
울리더라
그게 숲 전체를 뒤흔들더라
숲은 깨어났고
나는 계속하여 두들겼지
일정한 박자로
숲은 혼란스러워졌고
나는 북을 다리에 끼고 앉아
본격적으로 두들기기 시작했어, 숲을 두들기듯
양이 달아나고
닭이 달아나고 있었어
무화과도 달아나고
수십 켤레의 구두도 달아나고 있었지
나는 계속 쳤어, 그 북을
숲은 텅 비어 갔고

나는 온순해졌어

북이 소진될 때까지……

사랑에 빠지는 기분

개시

돌멩이를 쥐자 나는 온순해졌다. 미래를 볼 수 있었다. 등을 돌리지 않아도 모의할 수 있었다. 돌멩이를 호주머니에 넣자 이내 냉정해졌다. 구름을 떠올렸다. 구름을 좇아 물가로 갈 수 있었다. 물을 향해 몸을 던지자 모두 사라질 수 있었다. 눈을 뜨니 어떤 연기가 나타나 현실의 틈을 벌리기 시작하였다. 나는 풀어지면서, 연약해지면서, 뜨거워질 수가 있었다. 희멀게질 수가 있었다.

비세계

1
사물은 넘어진다.
깨진다.
흐르기 시작한다.

비세계에 도착한다.

2
사물은
거기서 내가 된다.

나를 시작한다.
트랙을 걷는다.

달린다.

깃발을 쥐고 있다.
깃발은 펄럭이고 있다.

그러다 진심에 걸려
넘어져 버린다.

깨져 버린다.
흐르기 시작한다.

3
흐르면서
의자가 된다.

의자는
자세를 반복한다.

삼십억 년을 혼자서
그러고 있다.

그러다 넘어졌다.

4

깨져 버렸다.

흐르기 시작해 버렸다.

비세계의 끝에 도달하고 말았다.

그곳은 문턱인데,

너무 높은 문턱.

너머 모르는 문턱.

그러니까

체온을 모르는 표정

유체들

이 속을 헤매세요

같던 먹은 놓으시고
입장은 번복하세요

나는 이름이 아닙니다, 와 같은

이어지는 무늬들

문지를 수 없는 피부들

그릇을 용서하세요
도장은 내포하시고

꼬리는 부인하세요

과도로 당구공의 껍질 벗기다
울어 버린 사람을 지나쳐……

우리는
진종일 돌고 있습니다

앞뒤는 지우시고
얼음을 봉인하세요

육즙을 훔치세요
우리의 사이가 미개와 문명의 차이라고

거리를 빚어 보세요
거리를 잊어 보세요

제정신세계

누워 있는데, 앙리 미쇼가 나를 덮는다.

우리의 세 얼굴은 마주쳐 안부를 묻는다.

　　당신은 이불입니까?

　　아니요, 비누입니다.

　　그렇다면, 안개입니까?

　　아니요, 두부입니다.

그래서 달콤한 냄새가 사방을 진동한다.

앙리 미쇼는 등불의 기름처럼 부드럽게

　그러나 양초의 자세처럼 완고하게 나를 더욱 감싸 안
는다.

저 멀리서 방울 소리가 들려온다.

앙리 미쇼는 별안간 나로부터 떨어져 나가

세 칸짜리 서랍이 된다.

나는 전생에 은방울꽃이었으므로

몸을 일으킬 수 있다.

척추는 여전히 빳빳하므로

다가가 서랍의 첫째 칸을 연다.

시는 개시한다

나는 당신 안에 많습니다

그러나 당신은 내 안에 없습니다

나는 해방입니다

도로 위 고래 가죽이며
날아드는 초식 공룡의 뼛조각입니다

쏟아지는 머리칼은
친애하는 이웃입니다

강물로 던져지는 몸은
존경하는 조상입니다

당신은 견고한 침대에 누워
그러나 삐걱거리는 침대에 누워

잠에 빠지고자 합니다
그러면 당신은 잔인합니다

미지근한 콜라입니다

그래서

나는 당신 안에 없습니다

그러나 당신은 내 안에 많습니다.

사건과 순간

1
계속 움직이고
계속 변하네

쇠는 풀이 되고
불은 병이 되네

점은 모여 무늬가 되고
선은 모여 징후가 되네

2
네모난 우주가 떨어지고
부수어지고……
사방은 어두워지네

빠알간 꽃잎
도래하더니
점멸을 시작하더니

회오리치네

내가 회오리친다면
누가 그것을 볼 수 있을까?

비세계

1
세계에 구멍이 났다.

너무 많은 가시 때문에 너무 많은 구멍이······.

신께서 힘이 없어 거대한 후라 크레피탄스°를 심으시다
떨어뜨리는 바람에

감당할 수 없는 일들이 생겨 버렸다.

······이제 무엇이 흘러들까.

인류는 땅에다 용기를 묻고 있다.

땅콩만 한 믿음이 땅콩만큼 새겨지고 있다.

완고하던 유산들이 하나둘 가루가 되어 가는 기분······.

세계는 가장 먼저 음악을 잃었으며

유행은 도둑처럼 찾아오는데

2
바람이 쪼개지고
　　　해가 불어온다.

하늘이 넘어지고
　　　땅이 쏟아진다.

의사는 손목을 긋고
　　　정원사는 목을 매다는 거다.

제정신이 자꾸만
　　　제정신을 해산하는 거다.

나는 그 한가운데에서 시를 쓰고 있다.

분수에 빠진 생쥐와

분수에 빠진 또 다른 생쥐는 껴안는다.

분수는 정말 크고 생쥐들은 정말 작아서

방법이 이것뿐이라는 듯

껴안지만 냄새를 맡지 않는다.

후회와 모의가 없다.

믿음만 깊어진다.

……시인은 시작한다.

3

나는 한 구멍에 걸터앉았다.

발가벗고 털을 뽑는다.

세계에 흩뿌린다.

인류는 굴을 파서 몸을 욱여넣고 있다.

싱싱한 땅콩이 되고 있나.

나는 마지막 남은 한 가닥까지 뽑고 있다.

알쥐가 되고 있다.

세계는 쟁취에 점령당하였다.

인류는 (육안상) 멸종하였다.

신은 이제서야 다락방과 환몽을 발명하므로

나는 넘나들고 싶은 거다.

일단 코를 후비는 거다.

엷은 안개들이 차례대로 펼쳐진다.

불처럼 번져 가고 있다.

° 세계에서 가장 위험한 나무 중 하나이며, 몸통에 가시를 두르고 있다. 독
성이 높은 수액과 열매의 씨앗을 자랑한다. 열매를 다이너마이트처럼 터뜨
려 번식한다.

오토와 마톤

두려운 소년아

바야흐로, 세계적 소년아

스스로 몸을 가르렴

손날이 선두처럼 너를 이끌 것이다

그러곤 걸어 보렴

그것에 지각하렴

내가 접속을 인내할 것이다

깃발이 나를 쥐고 내내 펄럭일 것이다

구름은 낙하하고

터지고

너가 의식하는데!

심장을 몸처럼 벌리렴

에네르기를 목격하렴

나는 나의 뒤통수를 쪼갤 것이다

쏟아진 이성은 주워 먹을 것이다

외연을 가진 소년아

시나브로, 지향하는 소년아

구조를 경계하렴

왼쪽은 잊고 현상을 보존하렴

내가 전쟁을 주재할 것이다

비세계

들판에서
닭들이 원을 그리며 돌고 있다.
그것은 눈동자가 되고 있으므로, 나를 응시하고 있다.

자꾸 들여다보고 있다.
나는 비세계에 있으므로, 우리 사이에 커튼이 있다.

닭 한 마리는 돌다가 탈주하고 있다.
숲속으로 사라져 버리고 있으므로, 닭 한 마리가 덩달아
쫓아가고 있다.

숲속이 조금 더 빽빽해지고 있다.
커튼은 세차게 펄럭거리고 있으므로, 나는 들통나고
있다.

닭들의 눈은 모두 마흔세 개.
아니, 팔십하고 여덟 개…….

숲속에서 전쟁은 개시되고, 세상은 평면이 된다.

도무지 정지하지 않는 평면.

평평해지지 않는 평면……

비세계

당신은 구원자입니까

나의 눈을 가져갑니다
손톱도 가져갑니다
무릎뼈와 복숭아뼈도 가져갑니다

나는 여기 박제됩니다

당신은 돌아가 나의 일을 개시합니다
사람을 사귀거나 헐뜯습니다

아프고 질리고 배회합니다

종이를 잘게 잘라 우적우적 씹다 뱉거나
달항아리에 들어가 유연하게 잠에 듭니다

당신은 정말 나와 닮아 갑니다

아침이 오자 맨발로 거리를 걷는 당신

아스팔트와 나뭇가지와 흙먼지의 역사를 밟는 당신, 찔리므로

비밀이 간직됩니다

그러나 흔적은 지워지지 않습니다

여기 남은 나와 이 구멍은 누구의 구원입니까

나는 진실로 불가사리입니까

그래서 당신은 오래된 곡식과

메마른 생선을 씹으며 세계를 배태합니까

제정신세계

연대는 고요하다. 고요하게 파문을 일으킨다. 나도 일으켰다. 나는 백기를 들어 거리로 나섰다. 흔들며 도로를 가로질렀다. 육교를 건넜다. 대교를 건넜다. 나만 걷고 있었다. 잠시 백기를 내려놓고 숨을 몰아쉬었다. 백기는 때가 타 있었으며, 나는 가까운 천에 가 백기를 빨았다. 그러자 백기는 사라져 버렸다. 물에 풀어져 버렸다. 무소식이 희소식이란 말을 떠올렸다. 발 없는 말이 천 리 간다는 말을 떠올렸다. 그래서 깃대만 들고 도시를 몇 바퀴 더 돌아야 했다. 여전히 혼자였으므로 해는 졌고, 집에 돌아왔다. 샤워를 하고 잠자리에 들었다. 마주치지 않은 사람들이 떠올랐다. 모서리들과 신호등 없는 횡단보도들이 떠올랐다. 어느새 몸에서 멈추지 않는 향기가 났고 잠이 잘 와서 꿈도 꿀 수 있었다.

어떤 삽화 3

새가 창문의 유리를 통과하다가

정지해 버렸다

부리 끝부터 가슴께까지는 실내에

가슴부터 꽁지깃 끝까지는 실외에

걸친 채 부동하였다

나는 다가가 살펴보았다

새는 살아서 동공만 움직이고 있었다

종을 알 수 없었으므로

건들 수가 없었다, 그러니까

나에게서 콧물이

흘러나오고 있었다

닦을 수가 없었으므로 콧물은

떨어지더니 맨바닥을 통과해 사라지고 있었다

맨바닥에는

원형 거울이 넘어지다 말고 있었다

새가 다소간 한숨을 쉬니까

창문의 유리가 우글거렸고

어디선가 시곗바늘이 시끄럽게 움직거렸고

나는 재채기를 할 뻔하였다

그러니까, 견제하거나 방심할 뻔하였다

제정신세계

척추를 뽑아 칼처럼 썼다.
온몸이 가벼웠다.

도시를 차례로 절단할수록 나는 갱신됐다.

제일 먼저 다리와 강의 허리를 갈랐다.
다음으로 전선과 전봇대를, 도로와 육교를 갈랐다.
다음으로 빌딩과 신호등을 갈랐다.

그 사이에 아버지와 어머니도 계셨으므로
갈라서셨다.

두 동강 난 것들이 등 뒤로 쓰러지고 있었다.
가루도 날려 도시는 분간이 어려워졌다.

나는 이제 입과 코를 막고
도시를 빠져나와 들판에 도착했다.

뻗어 버렸다.

도시에서 날아드는 가루가 나를 덮었고
토막이 난 입간판도 날아와 나의 옆에 누웠다.

얼마간 움직이지 못했다, 살아 있는 것처럼

코끝이 간지러웠다.
재채기를 해도 배가 아프지 않았다.

하늘이 투명해지고 있었다.
허방에 알록달록한 커튼이 펄럭거렸다.

식물의 말
－백의 세계

몽상 속에서 나뭇가지를 얻었다

몽상을 깨도 나뭇가지는 손안에 있었으므로

그것을 바깥에 심어 두었다

허전하여 문턱 위에는 양초를 올려 두었다, 그리고 도모
하려고

그것에 불을 놓자 정말로 시간이 흐르기 시작하였다

내부에 앉아 다시 몽상하였다

이윽고 몽상을 깨자 시간은 정말로 흘러 있었고…… 가지
의 자세는 탐스러워져 있었다

잎을 틔웠고 꽃을 피웠다

꽃은 부지불식간에 떨어지더니, 이내 열매 한 알이 맺
혔다

연녹색이었다가 검붉어진 열매를 수확하였다

순간 시간이 멈추었으나

그것을 먼 데서 흘러오는 물에 씻자 시간이 흘렀다

한입 베어 물자 시간이 멈추었고

입술 사이로 즙액이 터져 나왔다

씨를 도저히 심지 못하고 흘려보냈는데……, 돌아보니 나

48

뭇가지는 플라스틱처럼 꽂혀 있었다

양초는 다 타고 없었다

문턱을 점령하고 없었다

제정신세계

1

물컵에는 감정이 없다.

2

물컵은 감정이 없다.

3

물컵은 던져질 수 있다.

날아갈 수 있다.

벽에 빠르게 부딪힐 수 있다.

4

수행한 건 신이셨으며

물컵은 날아가 깨져 버렸다.

벽이 조금 더 단단했을 뿐

물컵에는 정말 감정은 없었던 거다.

5
물컵은 정말 감정이 없었던 거다.

6
나는 조각을 수습하기 시작했다.
손에 담아 창밖에 던졌다

조각이 손을 이따금 찔렀던 거다.

7
부산스러움에 대해 생각하다가
무너지는 사물에 대해 상상하다가

폭탄에 대해 생각하려다 말고 제자리에 돌아왔다.

8
이제 테이블과 내가 있네.

9

물컵의 연장은 없었던 거다.

10

테이블은 대리석.

대리석은 움직이지 않고도 태양을 돌고
태양은 나를 두고 돈다.

11

테이블에는 감정이 없다.

12

테이블은 감정이 없다.

나는 베어 물 수 있는
사과를 떠올린다.

2부

저건 꼬마였고 이건, 종이학이었다

유령 생물 무한 발광

  적요한 밤바다를 온몸으로 헤적였네. 다분히 오랫동안 그렇게 했네.

  나의 몸짓과 동선을 따라, 분홍 형광물질이 발생하였네. 따라, 부유하였네. 분홍 형광 빛의 점이, 선이, 면이…… 나를 맴돌 때마다 어질하였네. 들통이라도 난 듯, 하늘은 질투라도 하듯 별을 뼈처럼 드러내었네. 한증에 정신을 놓을 뻔도 하였으나, 그럴수록 바다에 몰입하였네. 바다를 뒤집기라도 하듯, 껴안기라도 하듯 연결되었네. 더욱더 관련되고자 하였네.

  영원 같더라……. 실신은 몽환이므로. 무한 같더라……. 그래서였을까.

  온몸이 해져 버렸네. 옷은 삭아 나를 빠져나간 지 오래였고, 나는 유령처럼 오랜 운명을 들추어 입은 듯……, 덜덜거리며 백사장으로 빠져나왔네. 너무 멀어지면 사랑에 빠지는 법이므로, 나는 나를 만지면서 이해하기로 하였네. 바야흐로 사방은 속내만큼 어두웠고, 깊었고, 다분히 멀어 보였네. 저만치서 별이 타올랐고, 야간 비행하는 여객기가 저편으로 날아갔네.

시비 혹은 결심처럼, 나를 수습하여 다시 바다로 향하였네. 떨림이 가시지 않았으나, 발을 담그자 분홍 형광물질이 반겨 주었네. 다시마가 되는 기분. 유령이 되는 기분. 그러므로 다시마 유령이 되는 기분. 저만치서 홍해파리 떼가 헤엄하여 다가왔네. 나는 본격적으로 잠수하였고, 나를 우려내고자 하였네. 뼈처럼. 풀어지고자 하였네. 곤약처럼. 본격적으로 구멍이 뚫리기 시작하였고 바다는, 나는 넘나들었네. 지구가 불꽃을 만지기라도 하듯, 우주가 얼음을 핥아 대기라도 하듯, 분홍 형광물질이 더욱 현란하게 움직였네. 나는 따라 두둥실

딱딱한 연결 어지러운 마음

1

나는 몸을 곱송그려요. 씨앗처럼, 알처럼, 무궁무진처럼. 작년에 산 이 소파와 너무도 어울리게 돼요. 하양 꽃이 수 놓인 검정 패브릭의 암체어. 나는 아름다운 사람이, 제법 괜찮은 사람이 되는 것 같아요. 그러나 아쉽게도 모든 게 연출이에요. 나는 어제도 실패했고 오늘도 실패했으며, 내일도 실패할 예정이거든요. 그르친 일이 많거든요. 엎어진 일이 많아요. 내가 대신하여 엎질러졌어야 하는데, 몸은 늘 뒤늦거든요. 아닌 말로 기분이 앞서거든요. 평생을 이 자세이고 싶어요. 그럼에도 나는 또 일어나야 하고, 백도선 선인장에 물을 주어야 하고, 플라워혼에 밥을 주어야 하고, 대충 끼니를 때우고 설거지와 샤워를 해치워야 해요. 정말…… 생활이란 무엇일까요? 세계는 무엇일까요? 삼각은 무엇일까요? 팬티일 뿐일까요? 나의 삼각은 어디에……? 더 열렬히 곱송그려요. 태어나지 않은 것처럼. 전등은 너무 환하고 텔레비전은 묻지 마 살인과 음주 운전을 경고해요. 나와 무슨 상관일까요? 시간이 흐르거든요. 흐름이 더 위험하거든요. 내가 그르친 사건처럼. 빈틈없어짐으로 하여 열렬히 느껴지거든요. 끌어안은 것처럼. 먼 옛날 해봐서 알아요. 과거는 이불이고 미래는 눈곱이잖아요. 눅눅한 마음과 건조한 목덜미가 자꾸만 선명해져요. 내일이 올까요? 내일은 오겠지요. 몸을 일으킵시다. 그러나 뼈와 근육의 정지를 느껴요. 빽빽한 수첩 같은 뼈와 뼈의 연결. 탄력 잃은 근육의 역할…… 이게 나의 정체일까요. 마땅히 해야 할 일 개시 못 하고, 그만 까무룩 잠에 빠져요.

2

나는 딱딱함을 참지 못하고, 여행을 떠나요. 동산? 들판? 에 도착해요. 거기 있는 계수나무와 포옹해요. 그의 리듬이 느껴져요. 자꾸만 두근거리네요. 나의 리듬이 아닌데 말이에요. 계수나무는 갈수록 유연해지고, 나는 더 딱딱해져요. 그가 나를 리드해요. 기꺼이 나와 한 몸이 되어 줘요. 꿀벌이 날아와 우리를 수색해요. 딱따구리가 날아와 우리를 탐험해요. 질서는 귀신같아요. 연결은 연장이에요. 진실로 파랑이 되는 기분. 감히 번역가가 되는 기분. 우리는 수피로 하여금, 뿌리로 하여금, ……마디로 하여금 이동해요. 저편에도 우리가 있어요. 우리라는 말이 새삼 좋아져요. 흩어지고 풀어지고 다시 뭉치는 우리라는 말……. 온몸에서 꿀이 흘러내리는 기분이에요. 꿀에 유통기한은 없댔어요. 내가 깊어지는 기분이에요. **거기**는 무한하고 유구하댔어요. 우리를 중심으로 꽃이 흐드러지게 피어나기 시작해요. 꽃은 진한 벽돌색이고, 잎과 줄기는 연한 검은색이에요. 울림이 떨림이랬나요. 어지럼이 딱딱함을 전회하여요.

제정신세계

기상하여 옥상에 올랐지. 체조하다
추락하는 새를 목격하였어.
저편으로 떨어지는 그것을
받아 내기 위해 달음질하였지.
의협심 때문이었을까?
진동감과 조직감 때문이었을까?
열심히 쫓았지만 너무 늦어 버렸고,
천변 자갈밭에서 처참히 뭉개진 새를 발견하였지.
그런데도 천은 유감없이 흐르고 있더라.
해는 여지없이 찬란하더라, 체조처럼.
새를 위한 묵념만 하고 돌아와야 했어.
나는 추락의 장면과
그 현장을 떨쳐 낼 수 없었어.
새는 추락하는 동안에도 비행하는 자세
같았으며, 깃털이 부단히도 반짝였었지.
그러나 이윽고 몸통이 터져 있었고,
현장에는 피가 너무도 낭자해 있었지.
누군가 집어 던지기라도 한 것이었을까?

세수하고, 양치하고는

묻어 주기라도 하자고 다시 가 보았는데……

새는 없었고 개구리 떼만 너저분히 뛰어다니더라.

개구리 떼가 사체를 먹어 버리기라도 한 것이었을까?

아니라면 누군가 치워 버린 것이었을까?

그렇다면 질펀하게 흩어져 있던 피는……?

새가 분해하여 개구리가 되었다는 전설도

떠올랐으나, 도리질하였어.

나는 개구리 떼를 한참 바라보다가,

유감없이 흐르는 천을 바라보다가,

여지없이 찬란한 해를 번갈아 바라보다가,

개구리를 하나둘 잡기 시작하였어.

아침 식사를 하지 않아 허기가 몰려온 탓이었을까?

개구리를 바지 주머니에 잔뜩 담아 돌아오며,

새의 명복을 다시 빌었어.

눈물이 흘렀는데, 너무 조금이라서

금세 굳어 눈곱이 되어 버리더라.

나는 손질할 줄 몰라서, 개구리를

그냥 싱크대에 풀어놓아 버렸어.

사방팔방 뛰어다니더라. 나를 잡아먹을까 괜히 겁이 나

서둘러 엄마를 찾아 나섰지.

들어오는 길에 보지 못하였는데, 마당에 계셨고

아버지와 함께 아름드리나무에 도끼질하고 계셨어.

그 나무는 계수나무였는데, 글쎄 무엇 때문이었을까?

패인 자리가 채워지고, 다시 채워지며

나무는 회복하고 있었어.

그것을 진정 회복이라고 할 수 있을지 모르겠지만,

엄마와 아버지는 헐떡이며 끝없이 내리치고 계셨어.

그 장면을 목격한 나는 스스로

개구리를 손질해 보아야겠다는 다짐으로 부엌에 돌아갔지.

그런데 감쪽같이 사라졌더라.

눈을 씻고 찾아보아도, 개구리는 없었어.

이 좁은 집에 숨을 데라곤 없었으므로,

나는 집요히 찾아보았는데 맹탕이었지.

풀이 죽어 혼자 식사를 대충 때우고,

식곤증이 몰려와 방으로 가 침대에 누웠어.

그때……, 개구리들 울어 재꼈어.

어디에서인지 모르겠는데,

나의 머리에서인 것처럼, 온몸을 뒤흔들었어.

침대도 공중도 썬캐처도 들썩였지.

엄마와 아버지께서 도끼를 집어 던지시는 소리 들려왔고,

새가 잔뜩 날아오르는 소리도 들렸지.

푸드덕푸드덕…….

똥 누는 소리 같아 웃음이 터졌는데,

너무 졸려 쪼개다가 잠들어 버렸어.

정말 너무 졸려서……

폭탄 마니아

폭탄이 가려워지면

살을 벗습니다
한 겹씩 벗고 나면

나도 희망처럼 입체입니다

갈비뼈 사이로 손을
넣으면

폭탄을 긁을 수 있답니다
좀
달아날 수도 있답니다

진짜 알몸은 입체입니다
사람들은

희망을 발견한 것처럼

나에게로

달려오고 있습니다

내가 낱장들의 살을 챙기면
좀
벗어나려고 하면

사람들은 손을 뻗어
폭탄을 더듬거나

혓바닥을 늘려 핥기
시작합니다 거기

전이는 없습니다
전위도 없습니다

무리는 손톱과 입술이

새파래진 채로

쓰러집니다
나는 동상처럼 좀

서 있습니다
버거워서 그런 건 아니고

달려드는 사람이
정말 없을 때까지

폭탄이 다정해질 때까지
숨을 고릅니다

폭탄은
십수 겹이랍니다

생활은
무궁무진합니다

태도들

말이 되는대로
말이 옮는 대로

죽다가 태어나야지
흐르다 밀어내야지

선배와 선생이 쌍으로
태워 주는 손가마 놀이

축축한 현기증
푸석한 변이들

나도 몰래 그들의
정수리에 안수한다

옮아오는 대로
붙어 가는 대로

태양으로
이주할 것이라 다짐한다

다짐이 오래되면
똥오줌 못 가린다

병동에서
병동 야외의 벤치에서

똥오줌 못 가리는

후식 아이스크림 두 알 쌓아
물고 빠는 소년

사실은 수성과 금성을
물고 빠는 소년이라면

전부 흐름이다

겹침이며

사사건건의 앙갚음이다

폭탄 마니아

자세가 딱딱해집니다

입장은 견고해집니다

이것은 나의 애초가 아니었는데

뒤틀립니다

번복할 수가 없습니다

의사는 스트레칭을 주문했습니다만

나는 서브웨이가 아닙니다

그래서 태도는

교정할 수가 없습니다

한계는 나더러 올가미를 보여 줄

뿐입니다

스크린이 한계입니까

기차가 올가미입니까

나는 더 뒤틀립니다

알을 몽상하다가, 날개를 몽상하다가,

찌그러진 너를 몽상하다가……

기차의 자세처럼 삐걱거리며

벗어날 수가 없습니다

그래서 정지를 반복합니다

정지는 정치가 아닐지라도

나를 지배합니다 탕아처럼,

백지를 끌어다 간신히

끄적이기 시작합니다

점과 선을 반복합니다

사방에 폭탄이

하나둘, 발생하더니 부유합니다

폭탄은 폭탄과 공명을 하고

진동을 하더니

고요를 창안합니다

제정신세계

1

나는 견고하며 공허함. 흩어지며 다정함. 부유함.

2

하늘은 출렁출렁. 바다는 일렁일렁. 그러한 믿음이 존재함.

3

나는 민무늬 투명 커튼을 상상함. 아니, 증오함. 증오는 싱싱함. 그것이 나의 힘? 그것은 나의 덫……

4

나는 민무늬 투명 커튼에 빙의함. 아무도 나를 두고 볼 수 없음. 누구도 넘볼 수가 없음. 그래서, 공중은 막막함. 지구는 공중이 버거움.

5

새들이 붐비기 시작함. 진심 없이, 얄개처럼, 나를 흔들기 시작함.

6

나는 격자무늬 투명 커튼을 상상함. 우주는 말처럼 붐비기 시작함. 나는 침착해지기 시작함.

7

믿음이 무성하다는 세계의 싱싱함. 그러한 사소함. 어 마무 시 함. 오늘은 무사함.

선두

산포하다가
　　　　　멀어지다가
　　다시 뭉친다
　　　　　걷는다
뛰지 않고
　　　　　문턱을 넘는다
　　신체가 있었다
　　　　　거기에도
기억이 있었다
　　　　　나무와
　　호랑이와
　　　　　딱딱한 구름이
등 뒤로 있었다

복도

나는 기나긴 몸짓이다 흥건하게 엎질러져 있고 그렇담 액체인 걸까 어딘가로 흐르고 있고 흐른다는 건 결국인 걸까 힘을 다해 펼쳐져 있다 그렇담 일기인 걸까 저 두 발은 두 눈을 써 내려가는 걸까 드러낼 자신이 없고 드러낼 문장이 없다 나는 손이 있었다면 총을 쏘아 보았을 것이다 꽝! 하는 소리와 살아나는 사람들, 나는 기뻐할 수 있을까 그렇담 사람인 걸까 질투는 씹어 삼키는 걸까 살아 있는 건 나밖에 없다고 고래고래 소리 지르는 걸까 고래가 나를 건너간다 고래의 두 발은 내 아래에서 자유롭다 나의 이야기가 아니다 고래의 이야기는 시작도 안 했으며 채식을 시작한 고래가 있다 저 끝에 과수원이 있다 고래는 풀밭에 매달려 나를 읽어 내린다 나의 미래는 거기에 적혀 있을까 나의 몸이 다시 시작되고 잘려지고 이어지는데 과일들은 입을 지우지 않는다 고래의 고향이 싱싱해지는 신호인 걸까 멀어지는 장면에서 검정이 튀어 오른다 내가 저걸 건너간다면…… 복도의 이야기가 아니다 길을 사이에 두고 무수한 과일이 열리고 있다 그 안에 무수한 손잡이

코 파기의 명수

기분을 쥐고 흔들자 숲이 생겼다. 나는 방금 우울했지만…… 싱싱한 숲이 눈앞에 펼쳐졌다. 들어가 조금 방황했다. 발걸음을 버벅대거나 울컥하기도 했으며, 동물도 과실도 보이지 않는 초록 범벅의 숲에 어느샌가 흥미를 느끼기 시작했다. 그래, 걷는 것이었다. 그러다 숲 어딘가, 뻘쭘하게 통돌이 세탁기 한 대가 서 있는 것이었다. 뚜껑의 투명 너머로 새하얀 반팔 티 여러 벌이 빨래되고 있었다. 무슨 일로 지켜볼 수 없었다. 빨래가 끝나도 또다시 빨래가 시작되었으므로, 돌고 도는 통돌이 세탁기는 도무지 나 몰라라였다. 이제는 출구를 찾아야만 했다. 숲의 가장자리 향해 헐레벌떡 걸었다. 그래, 가장자리에 도착한 것이었다. 염원에 믿음을 겨누자 별안간, 고라니 한 마리가 튀어나와 가장자리 너머로 사라지는 것이었다. 영영…… 사라져 더 이상 고라니를 떠올릴 수 없는 것이었다. 그 광경을 목격했는데 어찌, 빠져나감을 기록하는 수 있겠는가. 가슴이 답답해져서 코를 파기 시작했다. 정말 그뿐이었으며 이것을 현기증이라 부르기 시작했다. 그런데 커다랗고 푸르른 계수나무 한 그루와, 그 아래 늙은 유니콘 한 마리와, 그 아래 축축한 걸레

한 장이 동족이라며 나를 호명해 주었다. 한쪽만 쑤셔 대고는 버틸 수 없어서…… 양쪽 콧구멍 모두를 파기 시작했고 방귀도 뀌어 버렸다.

어떤 삽화 2

길을 걷는데 베개가 열린 나무를 보았다. 나는 악몽이었으므로, 달팽이보다 느린 걸음으로, 조속하게 지나가려고 하였다. 베개가 열린 나무가 나를 발견한 탓이었을까. 그것은 충동이었고, 나는 베개가 열린 나무를 맴돌기 시작하였다. 맴을 돌 때마다 여드름이 생기기 시작하였다. 처음에는 인중에, 다음에는 콧잔등에, 그다음에는 미간에, 그다음에는 턱에, 그다음에는 귓불에 생겨났다. 나는 어려지는 기분이기도 하였지만, 별안간 넘어져 버렸다. 무릎 까졌고, 무슨 일이람, 마른세수를 하며 일어섰다. 그런데 사라진 여드름⋯⋯. 나는 다시 맴을 돌았지만 여드름이 생기지 않았다. 베개 열린 나무는 여전하게 베개 열린 나무였으나, 별안간 착시처럼 베개는 지팡이로 변하였다가 베개로 돌아왔으나, 나는 숨을 몰아쉬며 나무에 등을 기대고 앉았다. 하늘을 보았다. 지라시가 휘날리고 있었다. 지라시 한 장, 깃털이 되더니 비둘기가 되었다. 어깨를 향해, 비둘기가 자유스럽게 날아와 앉았다. 손을 휘저어도 날아가지 않았다. 나는 주머니에서 불을 꺼내 새에게 가져다 댔는데, 새는 입바람으로 불을 껐다. 수차례 반복하여도 그러했으므로, 나는 비둘기를 매달고 일어나 걸어야 했다. 전위를 소진하였으므로, 바람은 무슨 일로 더 차가웠다. 나는 이 길의 거기를 목격할 수 없었다.

얼마나 걸었을까. 비둘기는 날아갔고, 정말 얼마나 걸었을까.

제정신세계

노래가 들려오자, 내가 되는 것이다.

하얗고 뚱뚱한 양초를 파먹던 손을 거두고, 거실로 나
간다. 여기는 아니로군……. 노래는 어디서부터인지, 연약하
게 이어지는데. 파라핀 왁스가 묻은 손가락을 얼마간 빨다
가, 현관을 나선다. 마당에 서서 두리번거리자, 저 멀리에
서 들려오는……. 대문을 나선다. 다시 두리번거리자, 연기
처럼 끈적이게 밀려오는……. 그래, 저기로군! 나는 걷기 시
작한다. 리듬을 다해 걸을 수 있다면, 노래는 나에게 홀린
것이다. 그렇게 홀려서는…… 강을 건너는 것이다. 숲을 지
난다, 고치와 거미집을 목격하면서. 태양은 나의 꼭대기를
끈질기게, 점유하는 것이다. 손에 남은 파라핀 왁스를 마저
빨아 먹으면, 허허벌판에 도착하고 있다. 검은 얼굴의 양들
이 둘러앉아, 모닥불을 쬐고 있다. 이 장면은 밤의 조상이 되
고, 양들은 다문 입을 한다. 나는 자연스럽게 뒤섞이며 물었
는데, 노래는 끝났다고 한다. 부를 필요가 없다고 한다. 검은
얼굴의 양들은 나더러 모닥불에, 입바람이나 불어 보라고
부추긴다, 자연스럽게. 내가 별수 없어 그렇게 하자, 모닥불
거대해지고 만난 양들…… 아는 양들…… 박수를 친다. 박

수의 리듬을 따라, 나는 모닥불의 밑동에 손을 넣는다. 검댕을 취할 수 있다. 양 볼부터, 바르고 있다.

게슈탈트

누군가 두고 간 거울의 조각이 여기 있습니다. 그래서 나는 이것을 복구해야겠습니다. 원형의 판에 접착제를 발라 조각을 올리고 있습니다. 남아 버린 조각은 주머니에 넣고 규칙적으로, 또 불규칙적으로 이어 붙이기를 반복합니다. 얼마간 짜 맞추고 나면, 그럴싸해지고 입김을 불어 말려 줍니다. 입술을 오므린 내가 거울 속에 많아지자, 우리는 서로에게 실패를 말하기 위해 밀려온 느낌입니다.

이제 벽에 겁니다. 벽은 조금 더 풍성해지고 보잘 게 있어집니다. 이게 거울의 진의라는 듯, 나는 무수한 나를 통해 자세해지고 명백해집니다. 거울에 손을 얹어 이 순간을 지속해야겠습니다. 마치 구멍을 더듬는 기분, 검은모래해변을 거니는 기분입니다. 그래서 규칙적으로, 또 불규칙적으로 이어져 있는 조각이 저마다 세계가 되어 나를 호흡하는 기분입니다. 나는 이 과정을 지속해야겠습니다.

지속

    영혼은 돌고 돌아 수집된다, 때마침. 가을은 시동의 계절
이며

    삼천갑자 동방삭의 계절. 강을 따라 낙엽 한 잎 띄워 보내
고 있다. 양심 가득 애벌레를 담아 보내고 있다. 바글거리며
나아가는 한 잎과 강의 세계, 에 가속은 없으므로

    마찰이 없다. 입찰도 없으므로, 나는 벤치에 앉아 서랍을
골몰한다. 서랍을 골몰하면 서랍을 껴안을 수 있다. 스르륵
잠 오면서, 그대로 벤치로 쏟아지는 몸. 바글거리기 시작하
는 나의 몸.

    주체할 수 없어. 풍요한 속셈들.

제정신세계

여러분 여기,

나의 주체들이 이삭 낱알처럼 떨어져 있다. 그러나 주워
담을 수 없는 것이다. 당장 집을 나서야 하기 때문이다. 가방
에 리코더를 챙겨 넣는다. 가방을 들쳐 메면, 현관문 여는 것
으로 분위기를 배반하는 것이다.

발을 뗀다. 발바닥을 경우처럼 옮겨, 정지를 배반하고
있다. 대문까지 이어지는 장미 정원이 있다. 매끈한 장미 정
원이 보이고 있다. 나는 나섰다 돌아오면, 장미 줄기의 가시
를 또다시 면도해 주어야 하는 것이다.

대문을 연다. 여기서부터, 갓난아기를 눕혀 놓고 건너다
니는 부모들. 세발자전거를 타고 노니는 노인들. 웃음이 가
시지를 않는 안색들, 이 잔치를 열고 있다. 나는 골목의 가장
자리를 따라 걸어 버스 정류장에 도착해야 한다.
해가 무섭게 쏟아지는 것이다. 고개를 들고 입을 벌리면,
위장이 든든해질 것처럼.

정류장 의자에 앉는다. 버스를 기다린다. 뒤통수가 간지러우나, 버스를 기다리고 있다. 내가 앉은 자리 말고는 돌덩이가 올려져 있다. 시나브로 가슴이 아프다. 어제부터 아파 온 가슴처럼. 때마침 주머니 속 땅콩 캐러멜을 벗겨 입에 넣는 것이다.

그 채로 휘파람 부는 것이다. 그 채로 손차양 만들어 액면은 가린다. 버스가 오지 않는다. 사면을 거슬러 오는 게 없는 것이다. 버스 표지판은 아버지가 뽑아 갔으므로, 나는 이빨처럼 기다리고 있다. 멀리서 연기가 피어오른다. 발치로 알전구가 굴러오다 터지고 있다.

손차양은 포기하고 손부채로 전향하는 것이다.

잡초와 산책의 방

등 뒤로부터 빛 한 줌이 뻗치어 온다. 창문도 양심도 없는데, 우리는 어디서 와서 어디로 가나.

몸이 저 벽을 향해 뻗어 가는 것이다. 무엇에 몰두하고 있나.

잇몸을 가지런히 모으자 나는 화분이 되고, 백사장으로 밀려온 열대과일이 되고, 들통난 미로가 되고, 의심하는 마음이 되어 누군가를 기다리고 그러다…… 분명해진다.

발이 점점 바닥에 들러붙어 면의 일부로 수렴하기 시작한다. 이 순간 나는, 어떠한 표정인가.

표정이란 말은 대낮의 거품 목욕 같아서, 잃어버린 기분을 그립게 만드는 것이다. 머리를 숟가락처럼 젓는다.

나는 이곳을 종단 중이던 몸을 토해 내기에 이른다. 바닥으로 더욱 밀착되며 더 이상, 누군가의 감촉일 수 없으므로, 벽 하나가 스크린이 되고 있다.

저 벽은 어디서 시작해 어디서 끝장을 보려 하나.

바깥의 사정이 안면을 향해 쏟아진다. 엄마는 보이지 않고 노래만 모조리 불타고 있다.

말라비틀어진 열쇠가 나에게로 굴러온다. 그건 직면의 손에 닿는다. 나는 이 벽에서 저 바닥으로 다만, 몸을 옮기려할 뿐이다.

리모컨이 그쪽에 있다. 무엇을 탕진하고 있나.

살아 있었나.

뜻밖의 메밀과 후추가 방 안을 동시다발로 날아다닌다. 저건 꼬마였고 이건, 종이학이었다.

시절인연

창을 내리니 밤중이었어.

무면허 드라이브를 하고 있었어.

옷감처럼 말아 두었던

전생을 버리려고

으슥한 곳을 향하고 있었어.

이윽고 코너를 돌자

전봇대에 묶인 젖소가 보였어.

야광 빛 우유를 뚝뚝

흘리고 있었어.

그가 싸놓은 똥과 뒤섞이고 있었어.

나의 정신은 이끌렸어. 코를

막고, 차를 세우고,

한참 젖소를 봤어.

젖소는 나를 봤고,

별은 하나둘 어두워졌어, 은총처럼.

젖소는 몸부림하였어.

입가가 축축해졌어.

나는 차에서 내려 목줄 풀어 주었어.

젖소는 나의 몸에 저의 몸을

비벼 댔어. 간택을 당하였다는

생각에 소중하였어. 운명적으로

끌고, 들쳐 메고,

차에 간신히 태울 수 있었어.

버리려던 전생은 그사이 썩고 있었고,

입은 옷은 우유에 젖었다 말랐다 하여

냄새가 장난 아니었어.

이윽고 새벽이 되어

나 사는 원룸에 도착하였어.

야광 빛에 기대 헤매지 않고

수월히 돌아올 수 있었어.

젖소는 비틀거렸어. 한참을

끙끙대고 헤매다가 해산하였어.

원룸이 잔뜩 젖었어.

냄새는 어질하였어.

나는 수건을 있는 대로 가져와

찢어 젖소들에 깔아 주었어.

본능적으로, 그럼에도 모자라

입은 옷까지 찢어 깔아 주었어.

그것으로도 모자라 차에 가

문드러지고 있는 전생을 가져다

찢어 주었어.

팬티만 입고 발을 구르다

라면을 면만 삶아 어미 젖소에게

제공하였어.

더 이상 야광 빛 젖은 흐르지 않았어.

새끼 젖소는 태반을 매달고 콜록댔고

어미 젖소는 먹다 말고 나를 봤어.

나는 젖소를 봤고,

무거운 해가 뜨고 있었어, 은총처럼.

창을 열지 않아도 알 수 있었어.

비세계

1

내가 너를 길렀다. 나는 주인이었으며, 너는 양육되는 개였으므로. 어미로부터 버림받은 너를 포옹하며, 가령 짐승의 젖을 몰래 짜 먹이거나 짐승의 내장을 발라 먹이며 사랑과 다짐을 배웠으므로. 그리하여 나 또한 성장하였다는 사실을 너는 알까.

2

활달한 너와 사냥을 다녔다. 너는 몸을 날렸으며, 나는 독(毒)을 던졌다. 열매를 채취할 때도, 너는 이빨을 정교하게 활용하였으며, 나는 손끝으로 줄기를 비틀거나 열매의 꼭지를 분질렀다. 획득한 음식은 공평하게 나누어 먹었다. 같은 가죽을 덮고 잠에 들었다. 너는 알아보는 듯하였고, 알아듣는 듯하였고, 이따금 나를 위로하거나 나보다 빠르게 동작하였다. 나의 말은 너의 뼈……. 나의 말이 그러하듯, 너의 뼈를 무기라고, 악기라고 생각하였다. 우리는 마치 혈육이라고 생각하였다. 그렇게 오랜 시간을 같이 살고, 같이 늙다 저지른 이유도 없이 함께 사망하였고, 오랜 시간이 흘러 너는 사람으로 환생하였다. 나는 너의 집 밖에 머물러 있다.

돌덩이로 태어나 마당에 있다. 풀이 자라지 않는 그곳
에, 마당 한구석에 기후와 이끼와 벌레와 징조와 어우러져
있다. 내가 근지러울 때 너는 미소하고, 내 삶이 버거울 때
너는 여행한다. 아무래도, 두 발은 뿌리와 같을 수 없는 것
같다. 너는 나를 기억하지 못하는 것 같다. 마당을 싫어하며,
나에게 시선을 둔 적 없으므로. 그러므로 너는 알까. 반송 나
무 아래서, 어느 날, 해바라기처럼, 염원처럼, 거울이 자라
났다는 사실을. 거울이, 오래전 사망하며 파묻힌 우리의 배
꼽을 거름으로 하여 자라났다는 사실을. 그 탓일까.

오만이 상속된 탓일까. 너는 알아차리지 못하는 것 같다.
영영 모르는 것 같다. 가방을 가볍게 둘러메고 맥도날드 아
르바이트를 다녀오는 너, 패티를 뒤집고 감자를 튀기고 쓰
레기를 수거하느라 손목 주무르는 너를 본다. 눈이 입술을
애원하는 기분.

3

달빛이 강렬하다. 까마귀가 반송 나무의 가지에 가만 앉

아 있다가 거울과 씨름을 시작한다. 거울이 달빛을 더욱 강렬하게 반사한 탓일까. 오늘은 좀 더 거칠게 덤빈다. 안간힘으로 쪼아 대고 깨물더니, 거울이 깨져 버린다. 파편들은 바닥에 처박히지 않고, 흩날리기 시작한다. 까마귀는 놀라 날아가 버린다. 옆집 지붕에 앉아 바라본다. 나는 사건을 목격함에 따라, 아득해지기 시작한다. 놀라 집 안에 있는 너를 본다. 너는 가족을 꺼안고, 볼에 뽀뽀하고, 눈을 비비며 잠자러 간다. 건조한 바람이 분다. 돌이 죽을 수 있다는 사실을 너는 알까.

나는 떠밀려 간다. 지구의 바깥으로, 우주의 바깥으로⋯⋯. **외면**에 가닿는다. **외면**을 수용하자, **내면**에 가닿는다. **내면**을 수용하자, 구멍을 넘는다⋯⋯. 문이 있고, 흔들어도 열리지 않는 문 위에 문장이 새겨져 있다. "주름은 종이접기에 동의어이다."

−3

비 오는 모래사장이다. 바다는 저만치서 울렁거리고, 모래의 알알이 나의 자료를 내장하고 있다. 빗물과 뒤섞이고 있다. 나는 하얀 대리석 조각을 쥐고 있다, 하얀 대리석 조각을 모으면 정육면체의 대리석이 될 것 같다. 모르는 너의 뒷모습을 모든 면에 새겨 넣고 싶다. 모르는 너의 속마음을 훔치고 싶다. 그러나 완고하므로, 나는 여전히 모래를 딛고 섰다. 흠뻑 젖었다. 말은 뼈처럼 달아오른다. 그러자 하늘에서 하얀 비석이 떨어지고, 나는 놀라 자빠진다. 올려다보고, 예리하게 새겨진 문장이 눈에 들어온다. "표면과 배면은 가능세계의 한통속이다."

나는 벌떡 일어나, 몸을 씻으러 울렁이는 바다로 다가간다. 이제 잠수한다. 풀어지는 기분, 음모와 모략까지. 그리하여 하얀 대리석 조각을 놓쳐 버렸다.

0

추락하는 별에 누워 있다. 속도에 나도 실려 있다. 마치, 무언가에 부딪히기라도 하려는 듯, 별은 더욱더 빨라진다. 저기, 표표히 떠 있는 별과 가스의 무리. 나는 눈을 질끈 감고, 별에 협조하기로 한다. 누군가는 해야 하는 일이며, 동원되어야 하는 사업. 나의 몸은 몇 조각으로 분해할까 곱씹으며 별에 더욱 밀착하고, 별은 한 행성에 더욱 가까워진다. 나는 눈을 크게 뜬다. 그러자 별은 정말로 행성에 육박한다. 추락이 별을 앞지르는 듯하고, 나는 속도에 매혹된다. 빙의하듯 선언한다. "영원히 작성되지 않는 설계도가 있다. 그러나 종말이 체질인 행성은 없다." 눈은 풀렸고, 침을 흘리며 힘껏 만세를 한다.

4

햇볕이 강렬하다. 손차양을 만들며 깼는데, 나는 반송 나무 그늘에 누워 있다. 너는 나의 배를 깔고 앉아 깔깔거린다. 자신이 무겁지도 않으냐고, 이제야 깨어나느냐고 묻는다. 나는 고개를 저었고, 눈곱을 뗀다. 허기가 졌고, 주위를 둘러본다. 유리 가루가 사방에 흩날린다. 옆집 소년은 텀블링을 반복하고 있고, 미역국처럼, 구름과 새는 표표히 흐른다. 비파 열매가 발끝으로 굴러온다. 파파야 멜론이 뒤따라 굴러온다. 너는 파파야 멜론을 잽싸게 집어 들고, 손바닥으로 슥닦아 크게 먹는다. 윤슬처럼 반짝이는 너의 얼굴. 나에게도 권하는데, 덩달아 크게 먹어 본다. 시원하고, 결코 적잖은 씨가 씹힌다.

11

너는 들통에다 번데기탕을 끓여 온다. 나는 번데기만 건져 먹고, 너는 국물만 떠먹는다. 고소하고 짭짤하고 매콤한 국물이 번데기를 씹을 때마다 아우성처럼, 터져 나온다. 피부가 고와지는 기분. 나는 십수 개를 한꺼번에 입으로 털어 넣는다. 씹는다. 너는 나에게 욕심이 많다고 한다. 나는 고개를 젓고, 입가를 닦는다. 한 숟갈 더 크게 뜨며 말한다. "모르는 사람은 아무래도 모르는 맛이지." 치아 사이에 끼인 번데기 잔해를 혀로 훑고는, 다시 털어 넣는다. 웃음이 번지고, 인디언 보조개가 선명해지는 기분. 국물만 떠먹던 너가 알고 있다는 듯 미소한다.

3부

앞뒤가 다른 사물은 좀 치사하다는 거야

비세계

물컵을 엎어 두었다
모두 그대로였다

적막이 걸어가고 있었다
뒤돌아보았다

뼈째로 빠져나가는 기분

우리는 서로에게 익숙해질 수 있을까?

귀가 많은 적막
파랗게 절여 있는 적막

문을 열면 더 많은
문을 궁금해하는

적막의 행방은?

아직도
문을 기다리는 것 같다

바깥의 행방은?

깨진 양파처럼 누가
차버리는 것 같다

짓무른 눈을 붙들고
지워지는 몸

물컵을 세워 두었다
아직 그대로였다

침대는 눅눅하고
누가 뚜껑을 열어 둔 것일까?
미끈거리는데

물고기가 살지 않는 어항 속이다

적막이 귀를 닫는다
문을 연다

나는 자갈을 문다
여기보다 깊은 바닥이 있다

용혈수

1

그것은 뿌리와 가지의 모양이 같아. 지극히 보통인 거지.
사실

세상은 뒤집힌 실재인 거지. 실재는 뒤집힌 세상인 거고,
따라서 사건은 빈틈없이 엎치락뒤치락하는 거고. 우리는 모
두 어딘가로 흘러든다는 거지……. 앞뒤가 다른 사물은 좀
치사하다는 거야.

2

나는 비행기를 탔어. 예멘으로 향했지. 소코트라섬으로
가기 위해. 용혈수 무리를 보기 위해. 얼마간 포옹하기 위해.

가는 데 오만 년이 걸렸어, 오억 년 같은……. 장면은 엽서
속 사진 같았지. 울진 않았어. 용혈수는 울고 있더라.

나는 코를 팠어. 온종일 코만 파다가…… 코에서 피는 흐
르다가……. 좀 서성이다가 돌아왔지. 죄다 찰나 같더라.

집에 돌아오는 건 금방이더라.

오 년 만에 도착한 집엔 거대한 뿌리들이, 거대한 가지들이 뒤엉켜 있었지. 늦지 않아 다행이라는 것처럼. 아니, 더 늦었으면 좋았을 것이라는 듯…….

나는 방에 들어가 쓰다 만 수첩을 펼쳤어. 적었지.

이파리는 버겁다.
버거운 것이 고요를 개시한다.

담벼락의 전개

배롱나무는 나에게 개입하고 있습니다.

나는 직면의 자세를 번복하고 있습니다.
기분은 벗어나지만 배롱나무가

배롱나무를 타협하지 않고 있습니다.

내 아래 묻었던 찻잔을 생각합니다.
유행하던 질병을 생각합니다.

바닥은 어디에나 존재하므로,
아무도 공감해 주질 않던 시공이 있습니다.

당신의 주름은 무엇을 따라가고 있습니다.

나는 계절처럼 또 다른 불우로 갈아입습니다.
배롱나무가 배롱나무를 사수하더라도
목젖 몇 개는 빼먹었습니다.

새벽의 배롱나무가 속살거립니다.

떠나 버려, 개새끼.

플라스틱 단소와 말 두 마리가 머릿속을 뛰어다닙니다.
그러나 새장과 세차가 없습니다.

나는 내 그림자에 기대어 입장을 정리합니다.

사과가 느껴지면 죽고만 싶어.

무너지려 들면,
새벽의 배롱나무는 현기증을 건넵니다.

불우를 주시하는 마음으로
웅덩이와 수영모와 접영의 마지막 호흡을 떠올립니다.
떠오르지 않는 배후를 생각합니다.

이불이 내 아래서 종말을 지우고 있습니다.

배롱나무는 기꺼이 뻗어 가려고 있습니다.
투명해지지는 않고 있습니다.

도끼는 두고 코트를 운명에 바릅니다.

저에게 어째서 수화기가 쥐어져 있습니다.

마지막에서 물고 뜯는 연인과 영혼을 전시하는 노인 둘,

사방을 당겨 리본을 묶는 소년 하나.
배롱나무가 통과하지 않습니다.

제정신세계

이 자와 저 자는 주짓수를 하네. 서로 엉겨 붙네. 나는 주짓수를 잘 모르기에 레슬링 같네. 채널을 돌리려다 그냥 봤네. 아주 엉겨 붙네. 찰떡의 조직감처럼, 질기도록 빠져나오지 않네. 둘 다 버티므로 심오하며 오묘하네. 질기고도 질긴 사정이 있네.

나는 장면과 벽 사이에서 오징어를 씹네. 마른 오징어를 불렀다지만 여전히 씹기 곤란하네. 턱이 아프고, 이 자와 저 자는 여전히 안간힘이네. 상대방을 제압하려고, 그래서 입장을 관철하려고, 해설자는 말하고 있네. 어깨와 어깨가 맞물려 틈도 없네. 손목에는 이미 핏줄이 솟고 이제 이 자의 가슴이 저 자의 머리를 덮고 있네. 교착인 건가? 그래서 시간은 흐르네, 멈춘 것처럼

회전문

나는 회전하므로 입장이 번복됩니다.

내부와 외부는 나로 하여금 교차합니다.

나의 내부는 외부가, 나의 외부는 내부가 되어

공존을 도모합니다.

그러므로 나는 반복적으로 중단을 사유합니다.

내 몸에, 이 순간에 도사리는 안과 밖이

이토록 함께 간섭하다니.

나는 놀라움으로 하여금 조작을 하여

회전문을 더욱 빠르게 작동합니다.

더욱 빠르게 넘나듭니다.

그래서 경계는 도리어 뚜렷해지며

내부는 능숙하게 외부가 되고, 외부는 능숙하게 내부가
됩니다.

그럴수록 나는 바깥을 몽상합니다.

그럴듯하게 중단을 사유합니다.

비세계

창을 사이에 두고

내부가 있고 외부가 있네. 나는 내부에 앉아, 창가에 앉아 시를 쓰네. 외부에는 물이 범람하고 있네. 물은 창에 부딪히기도 하여, 나 이따금 놀라고 있네. 수박이 떠내려가네. 은어가 떠내려가는 줄 착각했으므로 감각은 감각을 교란하는 거네.

봉인된 냉장고가 떠내려가네. 내장을 쏟으며 돼지도 가네. 나는 벼락처럼 의자를 생각하네. 생각하니 이미 의자에 앉아 있네. 쓰다 말고, 하다 말고, 콧물을 훑으며 외부에 집중을 하네. 상어가 박달나무 한 도막을 물고 가네. 꺼지지 않는 촛불이 흘러가네. 어머니와 아버지께서 서로를 껴입고 표표히 떠내려가시고 있네.

응시를 지속하면, 쥐고 있는 쓰다 만 하얀 종이가 차오르네. 쓰다 만 하얀 종이는 검정 종이처럼 범람을 하고, 나는 거기 실려 두둥실 부상하기 시작하네. 나 한 손에 등나무꽃을, 한 손에 은방울꽃을 쥐고 있네. 어느새 흔들며 떠밀려가네

자전하다

지구가 움직거리자 어항이
엎질러졌다

그렇다

바닥에 둔 어항은
휘/도는 뉘/앙스에 취약한 것이었다

그러나 다행이었다

금붕어는 키우지 않았으므로
엎어진 어항을 수습하기만
하면 되었다

걸레를 가져다
물을 훔쳤다 엎질러진
물은 걸레의 것으로 수렴하였으므로

어항은 세우고
인공 물풀 인공 자갈 인공 불가사리 둘을

다시 넣어 주었다
바가지에 물을 가져다
다시 채워 주었다

어항은 비로소 어항이
되었으나 인공, 기는 넣지 않았으므로

나는 바닥에
엎드려 얼굴을 가져다 댔다

어항
그 속에
왜곡된 내 얼굴이 두둥실

있었다
마치 흩어지려는 듯

사방으로 분포하려는 듯

몰라볼 뻔 했으나 거기
있는 내가 숨을 따라 쉬고 있었으므로

느껴졌다
숨이 모자란 탓을
예감한 것이었다

어항 속의
얼굴이 달처럼 커져 갔다

인공 물풀 인공 자갈 인공 불가사리 둘을
집어삼켜 어항 전부를
왜곡할 정도였다

고개를 저어 보았으나
그가 따라했으므로

어항에서 멀어져도

그는 그 속에
그대로 있었다

끊임없이 있었으므로
어항 속 물이 푸르러지고 있었다

입술을 달싹이자
어항 속
얼굴이 뒤집어지는 것이었다

서로의 위
아래가

서로의 아래
위를 겨누기 시작했다

지구가 좀 더

기울어지는 것을 느꼈다

어항은 이때다 싶어 엎질러질
준비를 하고 있었다

내가 규정할 차례였다

현대시작법°

몽상의 두뇌를
한 숟가락 떨어내 우유에
타 마신다

한 컵 다 마신다

가뿐해진다

불투명은 외면하고
투명과의 연대를 감지한다

잠잠히……
물렁한 알사탕 집어 먹는다

보이는 거 다
집어 먹는다

치아에 죄다 들러붙었음에도

배가 좀 불러 온다
배를 둥둥 두들기며

눕는다

손을 포개 가슴에 얹고
눈을 감으면

누군가 나의
구석구석을 닦아 준다

눈을 뜨면
푸른 초장 위에 누인 것이다

일어나면
걸죽한 우유 한 컵 머리맡에
놓인 것이다

모카빵은 없어 좀
서운해진다

그럼에도 한 컵 다
마신다

오장육부가 요란해지더니

호랑이 무리가 먼 동쪽에서
내질러온다

나는 호랑이가 되고 있으며

코끼리 무리가 먼 서쪽에서
내질러 온다

나는 코끼리가 되고 있다

호랑이와 코끼리의 어중간으로서

대단히 노닐고 있다

별안간

무한을 상속받은 것처럼

이렇게 까불면……

누군가°의 총에 맞는 것이다

다들 달아나 버리고 나만

생을 달리하면

깜짝 놀라 식탁에 앉아

곱창전골을 먹고 있다

고추장아찌도 한 입 먹는데

너무 매워

속이 뒤집어진다

가족들이 깔깔댄다

나는 이다지도 깔깔의 제물로서

냉장고로 달려가 컵 한가득

우유를 따른다

한 컵 다 마신다

어딘가 떨떠름하다

그러므로

암전

폭탄 마니아

1
허방에
폭탄을 굴리면

커다래집니다

눈 깜짝할 사이
지구만 해집니다

모르는 사람이
없어집니다

까슬하면서 매끈한
폭탄은

거대한 시선입니다

2
폭탄은 당신에게

애원합니다

자신에게로
이주를 요청합니다

그것은 분위기입니다

분위기는
점령을 수행하고

수행은 실감이랍니다

3
당신은 폭탄으로
이주합니다

폭탄의
표피를 일구어

바질을 심습니다

집을 짓습니다

새벽이 오면

엎드려 글을 씁니다

    둥근 폭탄은 안전하다

    둥근 폭탄은 여전하게 아름답다, 이런 글들

당신의 고백은

새벽과 함께

미끄러집니다

지구와의 교신은

자꾸만 실패합니다

폭탄의

똥구멍으로 모여드는

소란들
그리고 착란들

4
폭탄이
흔들립니다

당신은
위로를 대신하여

코를 팝니다
뱃속이 울렁거려도

코를 팝니다
폭탄이 진동합니다

당신은 둥근 폭탄을
천천히 매만지다 방귀 뀝니다

그러자

폭탄은 썰렁해지고

황량해집니다

당신은 사막, 복판에 있습니다

폭탄 마니아

1

폭탄을 중심으로 피가 돈다. 정확히는 피가 뭉쳐 폭탄이 되고, 폭탄이 운동하며 피를 순환한다. 그래서 폭탄은 인간들이 감당할 수 없어 종교가 되고, 맹종의 대상이 된다.

누군가의 폭탄이 터지면 그를 애도하는 이유이다. 정확히는 폭탄을 애도하는 이유. 섬기고 두려워 할 폭탄이 사라진 세계는 감히 상상하기도 두려워진다.

2

어느 날 한 소년은 입속으로 손과 팔을 밀어 넣어 폭탄을 주무른다. 간지러웠기 때문일까. 마사지 효과가 있는 것이다. 손과 팔은 이윽고 축축해지지만, 폭탄은 너무도 물렁해진다. 인간들은 소년을 보고 물렁해지면 더 이상 터질 수 없으리라고 추론해 낸다. 소년은 역사책(세계사)에 기록되고, 폭탄 마사지는 구전되고 전수되기에 이른다.

인간들은 매일 아침 일어나 입속으로 손과 팔을 넣어 폭탄을 마사지하기 시작한다. 자기 전, 밤에도 한다. 그것이 귀찮은 사람들은 전문가를 찾아가 그의 손과 팔을, 혹은 발과 다리를 통해 해소한다. 폭탄은 한없이 유연해지고, 그래서 폭탄은 만만해진다. 애도는 힘을 잃는다. 폭탄은 더 이상 종교가 될 수 없다.

헌신할 대상을 상실한 인간들, 정확히는 폭탄을 감당할 수 있게 되었다고 믿는 인간들은 무엇에도, 세계에도 연연하지 않게 된다. 이따금 물렁해지고 유연해진 폭탄에서 피가 새면, 그때라야 착각처럼 두려워한다. 그러나 이내 잊고, 아무렇지 않게 살아간다. 생활이 터져 나오기도 하는 것이라고 믿으며

생활, 일기, 안녕, 건강
—폭탄 마니아

　나의 의지로 모르는 길에 들어섰을 때. 애써 표표히 걸었을 때. 포트홀 같은 시비와 모략에 걸려 넘어졌을 때. 무릎이 발라당 까졌으며 발목이 뒤집혔을 때. 그러니까 이 육신이, 욕심이 엉망이 되었을 때. 때마침 비가 내리기 시작했을 때. 눈물과 빗물과 혈액이 뒤섞였을 때. 분간이 안 가서 구역질이 쏠렸을 때. 구조되었으나, 이윽고 감기에 걸렸을 때. 엉망인 육신이라, 욕심이라 감기가 깊어 폐렴으로 발전하였을 때. 폐의 염증이 구멍을 내어 혈액이 들이닥쳤을 때. 빗물처럼, 해일처럼, 생활을 침범하였을 때. 막아도 터지는 혈액의 압력을 느꼈을 때.

　깨끗하게 떠오르는 기도. 눈앞에서 산란하는 빛. 수용하는 일의 신비로움. 침착하고자 하는 용기.

미스터리와 미저리

나도 너만큼 내가 싫어 몸을 쥐어뜯었어. 나로 살기 싫더라. 연약하다는 게 죽을 만큼 싫더라. 살이 삶처럼 질겨, 뜯어지지 않아 상처만 나더라.

상처 사이로 풀이 돋기 시작했어. 풀을 뽑아도 계속 자랐지. 짜증이 나서 울어 버렸어. 뜯어내도 뜯어내도 계속 자라나니 속이 뒤집어졌어.

풀은 억세졌고, 나의 몸을 단단히 휘감았지. 갑옷 같았어. 몸이 나에게 보내는 유언 혹은 경고 같았어.

나는 진정하고 코를 풀었어. 그런데 콧물 대신 꽃이 피어 나오더라. 눈물이 풀과 꽃을 틔워 낸 원천이었던 건 아닐까,

생각하다가, 나를 사랑하게 되었어. 깨달았던 거지. 사랑의 이름으로 죽음을 실천하고자 다짐했어.

억센 풀을 빗어 유연하게 만들었고, 꽃에 벌과 나비가 날아들 수 있도록 신선한 마음 갖고자 노력했어. 꿈틀거리고 간질거리는 몸을 갖게 되었지. 그리하여 흙이 나를 끌어당기는 기분, 그러나 우주가 나를 밀어내는 기분에 사로잡혔어.

정말이지 살고자 하니 죽어 가는 기분이었달까? 지속하여 나를 빗질하며 진심을 개발하였고 온순해졌지. 몸에서 싫은

냄새가 풍길 때도 있었으나, 오억 년을 사랑했지. 그러던 어느 날,

우주복을 입은 너가 찾아왔어. 나에게 헬멧과 반창고 한 갑을 던졌어. 눈물이 왈칵 솟았지만 참았지. 나의 몸에서 흙냄새가 물씬 풍기기 시작하였고, 덜그럭거리는 소리가 발생하였지.

너가 다가와 포옹하였고, 나는 혀를 깨물었어. 깨물면 깨물수록, 혀는 계속 회복하여 길어지더라. 우리를 칭칭 감아버렸지. 으스러지듯, 번데기처럼, 그렇다고 한 몸이 되지는 않았지만 죄어들었어. 너는 제정신처럼, 이건 아니라는 듯 꿈틀거렸지.

아직도 내가 그렇게 싫어?

그렇다면, 지금의 나는 누구?

S

내가 여기 있네

                        여기 있어서 잠 못 드네

        누군가 칼 들고 나의 신경 다발을 써네

                                모든 게 물렁해지네

            모빌은 밤꽃처럼 흔들거리고

        구석들이 무릎을 꿇네

                방 밖의 박달나무가 창문을 두들기네

            나는 끊어져서 보네

끊어졌으므로 가시하네

        누군가 나의 얼굴 훔치고

                    방귀를 뀌며 떠나네

나이트 크롤러°

육체는 어디로 이어져 있을까 밤을 데려다 쪼개고 있을까
그렇담 어떤 모양으로 울고 있을까 발이

육체를 내민다 길이 사라진다 잠이 쏟아지고 죄를 덮는다
몸의 표백 꿈의 표백, 내가 살아진다

떠오른다 만날 수 있다 태어나지 않은 동생들, 너네는 아
직도 겉도는 거니? 내 의식을 휘저으며 우주가 있고 저 세계
가 돈다 방금

동생들과 충돌했다 그래서 우리는 무너진 육체로 내려앉
는 거다 나는 입만 살아서 시를 씁는 거다 그런데 문장이 바
싹, 나에게 옮겨 붙는다 잠이 바닥나고 문장이 나를

달린다 육지구나! 우리는 어디로 이어져 있을까 만나고
있을까 무너진 동생들이 느릿느릿 뭉쳐지고 있다 독액처럼,
깜깜해지고 있다

*

헤매고 있다 혹시 나의 육체를, 이름도 없이

° 밤에 다리와 머리만 달고 돌아다니는 미확인 생물체이다.

태몽

누가 내 머릿속에 해변을 부려 놓았나 파도가 철썩철썩 백사장을 때리고 있나 불쑥, 튜브를 타는 내가 있다 무너지는 태양 속으로 헤엄쳐 들어간다 저기선 건조할 수 있나

메마른 꿈을 고백하면 모래가 지근지근 씹힌다 나는 일순간 백사장의 마음이었다가 이건, 꿈이 아닌가 몇 번이나 태어났으니 용서받을 수 있지 않은가

백사장은 꿈보다 멀어지고 누군가 바람 빠진 튜브를 떠내려 보낸다 누구시죠? 어머니이신가요? 아무도 없는데, 튜브가 앞으로 나아간다 자꾸만 간다

물결이 내 가죽이 되는 것 같다 햇볕이 나와 물을 꿰뚫는다 막처럼, 조금만 버티면 무너질 수 있겠다 가루처럼, 거기를 향해 침몰할 수 있겠다

비세계

메모하고는, 식탁 위에 볼펜을 올려 두었다.

까먹었으므로, 그것은 다음 날 멜론이 되었다.

나는 놀라 그대로 두었는데, 다음 날 아버지가 되었다.

아버지는 탈구된 시계추처럼 앉아 계시다, 나와 눈을 마주치자 집을 나가셨다.

그래서, 이번에는 일부러 볼펜을 올려 두었다.

그것은 다음 날 검은 양이 되었고, 종일 잠만 자다, 그다음 날에 어머니가 되었다.

어머니께서도 아버지와 똑같은 자세로, 집을 떠나셨다.

나는 다시 식탁 위에 볼펜을 올려 두었으나, 바뀌지 않았다. 너무 그대로였다.

침대에 몸을 던졌다. 엉엉 울다 침대 밑 바스락거리는 소리를 들었다.

잘린 손가락이 쌓여 있었고, 잘린 무릎과 겨드랑이도 쌓여 있었다.

침이 잔뜩 묻어 있었으므로, 나는 계속하여 울었다.

침대가 바르르 떨었다. 창문이 오들오들 떨었다.

제정신세계

공간에, 쏟아져 있는 깃털을 발견하였다.
거부할 수 없어, 수습하면서 펑펑 울었다.
많아도 너무 많아서, 너무 다양해서,
어떤 것은 끈적거리고, 어떤 것은 이발사의 음모 같아서.
이런 사건은 해도 해도 너무하다고 울어 버렸다.
그리하여 편지를 부치고 싶었다.
마음이, 특히 의심이 너무도 많아졌으므로.
마침 유리창이 거칠게 흔들거렸다.
연약하고 탈주하는 것들의 징조라고 생각하였다.
눈물을 훔치다가, 무게를 감당 못, 하다가
쥐고 있던 깃털을 쏟아 버리고 말았다.
더 멀리 번져 버리고 있었다.
잡아 보려고 하였는데, 마음대로 되지 않았으므로,
그만 책상으로 가 엎질러져 휘갈겼다.

나는 주인공처럼 군다.

그래서 이 삶이, 이 실패가 너무도 분하다.

무엇인가 더 적으려고 하였는데,

목걸이를 구성하던 잿빛 유리구슬처럼,

나는 사방팔방 흩어져 버렸다.

오랫동안 동떨어져 있었다.

양팔 저울이 접시를 의심하는 소리 들려왔을 때,

비로소 안심하였다

자화상

1

핀이 싫어. 못도 싫어. 가두고 자르는 거 싫어. 끊어진 계단을 오를래. 차라리 끊어진 거기가 될래. 있다가 사라지다 찰나가 될래. 나만 하는 사랑도 싫어. 둘이나 셋이 하는 사랑은 더 싫어. 담을 넘을래. 정지선을 침범할래. 저촉하거나 부정할래.

2

망치를 들고, 벽에 못을 박으시는 아버지. 수천 개의 못을 온몸으로 박아 넣으시네. 온 방은 못 천지가 되고, 어머니는 수천 개의 못을 따라 빨강, 보라, 검정, 초록, 주황의 실을 연결하시네. 거미의 집처럼, 단장은 나름대로 맵시가 있네.

나더러 그 안에 들어가 서라시는 어머니와 아버지. 기념하자고, 사진을 찍자고 오색찬란한 저 속을 가리키며 말씀하시네. 나는 하릴없네. 비집고 들어가 구겨지네. 손가락으로 브이를 그리고, 잇몸을 보여 미소하고

박제된다. *핀이 싫어…… 못도 정말 싫어……*

비세계

변선우
산문

비세계

나는 은방울 꽃다발을 안고 침대에 눕는다. 마당에 심은 박달나무를 썰려다 힘이 없어 포기하는 바람에, 은방울 꽃다발을 수줍게 안고 있다. 어두울 때 선물 받은 그것이다.

이것은 비싼 거랬다. 흔들면, 이따금 소리가 나는 거랬다. 이따금, 죽은 사람의 목소리를 들려주는 거랬다. 접촉(다른 말로 사랑)은 흥미로운 거랬다. 하릴없는 생각들 한참을 곱씹다가, 눈을 감는다.

침대는 부상한다. 표표히 흐르기 시작한다. 그러면, 나는 눈을 더 질끈 감는다.

그러자, 사방에서 호두 깨지는 소리. 누군가 깐 호두를 씹어 먹는 소리. 감을 깎아 말리는 소리와, 깎던 칼을 집어 던지는 소리.

눈을 뜨면, 사방이 검다. 별이 표표히 떠 있는 거다. 쏟아지는 별도 있는 거다. 나는 소원을 빈다. 내가 아닐 수 있게 해주세요. 증상은 영원이 아닐 수 있도록 해주세요, 같은 것들. 눈을 다시 감는다. 눈 감는 소리가 너무도 커서, 나는 사소해진다.

그러자, 사방에서 눈물 흘리는 소리. 나물 무치는 소리. 그리고 기름이 보글거리는 소리.

*

깜빡 졸았던 건가. 구멍을 생각하자, 정말 구멍이 생긴다. 너무도 깊어서, 통로 같은 구멍. 넘어 다닐 수 있는 구멍. 나는 정말 구멍을 바라보다가, 구멍을 넘어 버리게 된다. 은방울 꽃다발을 안고 너머로 가면, 늙은 의자에 앉아, 늙은 책상에 기대 무엇인가를 쓰는 내가 있다. 나는 나를 보지 못했으나, 나는 나를 보았으므로, 다가가 훔쳐본다. 편지를 쓰고 있다. 원고 마감일을 지키지 못한 것 같다. 눈에서 짭짤한 물을 떨구면서, 귀에서 탁한 물을 흘리면서 편지를 쓴다. 쓰다 말고, 혼자서 비는 시늉도 한다. 그러자 옷이 점점 해진다. 맨몸이 되어 간다. 토닥이려다, 만다. 훔치려다, 만다. 나는 나의 발치에 은방울 꽃다발의 절반을 남기고 온다. 돌아오는데, 자꾸만 뒤돌아본다.

이윽고 돌아와 침대에 눕는다. 누군가 다가와 레몬을 반으로 가른다. 속살은 덜어 내더니, 껍질을 내 두 눈에 봉긋하게 얹는다.

침대는, 누운 나를 얹고 표표히 흐르고 있다. 우린 물 위에 놓인 것 같다. 그런데 물이 뜨거운 것 같다. 나는 별안간 삶아지는 기분. 삶은 달걀이 되는 기분. 연약했던 부위들이 단단해지는 기분에 사로잡힌다. 고개 들어 사방을 둘러보면, 이 물길은 저 꼭대기를 향하고 있다. 나는 다시 바른 자세로 눕는다. 소박해진 은방울 꽃다발을 안고, 침대에 몸을 맡긴다. 사소해진다. 이 순간을 바랐을지도. 사물이 되는 것 같다. 정말 바랐을지도. 침대와 한 몸이 되려다, 나는 은방울 꽃 한 송이가 되어 버린다. 이제 와 생각해 보니, 그래, 바랐던 것 같다. 고개가 고꾸라진다. 묵념이라도 하듯, 살아 있는 것처럼. 나의 속도와 무관하게, 그러나 사실 관련이 큰 것처럼, 꼭대기를 향하는 침대, 와 나들.

세상이 너무도 하얘서, 나는 다행히도 털을 뒤집어쓰고 있다.

맨발로 놀이터의 모래를 지르밟고 있다.

시소에 다가간다.

세상이 너무도 하얘서, 다행히도 혼자 시소를 타고 있다. 나는 너무도 무겁다.

돌덩이를 가져와 반대편에 올려놓지만, 나는 여전히 무겁다.

내려 그네를 탄다. 발을 구르나, 좀체 되지 않는다.
나는 너무도 무겁다. 그럼에도, 다시 발을 구르고, 날기 위해 시도한다. 털이 조금 흩날린다. 나는 여전히 무겁다.

툴툴거리며 모래를 찬다.
이제 흘릴 눈물이 없어, 하품을 한다.

누군가 나를 부른다. 보니, 엄마와 아빠가 시소의 양 끝에 앉아 삐걱대며 손 흔들고 계신다.
엄마와 아빠에게 달려간다, 고개를 숙이고, 전속력으로.
도착하면, 아무도 없다. 삐걱대는 소리도 없다. 세계는 이미 깜깜해졌다, 가벼운 것은 안전하므로.

나는 빠르게 창백해지고, 눈앞으로 거울이 떠오른다.
처음으로 표정을 본다. 모래를 쥐어뿌리는 거다. 털을 쥐어뜯어 뿌리는 거다.
그러고는 모래 위에 드러눕는다. 바늘 같은 모래, 바늘 같은 모래

선생님께서 누워 있는 나더러, 심호흡을 하라고 하신다. 나는 심호흡을 한다. 선생님께서 나더러, 머리를 비우라고 하신다, 괜찮다면 마음까지. 나는 최대한 비우고자 시도한다.

그러자, 호두가 된다. 제대로 마른 호두. 선생님께서 다가오시더니, 손바닥으로 내려쳐 나를 깨부순다.

화들짝 놀라 일어서면, 선생님께서 허허 웃으신다. 기왕이면, 마음까지 비워 보라고 하신다. 나는 다시 누워 심호흡하고, 비우고자 한다.

이번에는, 물먹은 나무토막이 된다. 선생님께서 손날로 나를 쪼개신다. 그러시더니, 나를 불길 속에 던지신다. 나는 잘 탄다. 잘 타들어 간다.

자세는 자꾸 변한다. 타닥타닥, 나의 사이사이 불이 개입한다. 나는 나와 본격적으로 갈라선다. 그렇게 유연해지다, 꼬불거리다, 될 대로 되고 있다.

−*

침대는 나를 인도하고, 침대는 세계를 개시하네. 그러니까, 침대는 항해를 하고, 나는 따개비라네. 그 세계는 내가 없는 세계, 네가 없는 세계. 그러나 나도 있고, 너도 있는 세계. 시계가 없는 세계. 그러나 시계가 잠재하는 세계. 아무것도 아니었다가, 무엇이든 되는 세계.

그러한 내용의 몽상을 하다가, 누워 있는 나에게, 팔뚝만 한 빨간 뱀이 기어 오네. 은방울꽃을 한 알씩 따 먹기 시작하네. 은방울 꽃다발은 금세 빈곤해지고, 빨간 뱀은 줄기까지 빨아 삼키네. 나는 죽상이 되네. 빨간 뱀은 내 가슴에 똬리를 트네. 새근새근 잠에 드네.

그러면, 침대는 버스가 되네. 나는 볕이 가장 잘 드는 자리에 앉아 있네. 눈을 반쯤 뜨고, 에어팟을 꽂고 음악을 듣고 있네. 버스는 멈추고, 휠체어 탄 사람을 태우네. 다시 달리네. 이제 아이 넷을 안고, 업고, 매단 여자가 타네. 공간도, 좌석도 여유 있어 버스는 속도가 빠르네. 버스는 과속방지턱을 넘다 덜컹거리고, 사람들은 죄다 버스 복도로 쏟아지네.

나는 놀라는 바람에, 다시 침대 위. 빨간 뱀도 깨서, 화들짝 내 콧속으로 들어가 버리네. 답답해지고, 코를 후벼도 빠져나오는 것이 없네.

***

침대를 빠져나와, 외출복으로 갈아입고, 문을 나선다. 햇볕이 강하다. 쪼개지며, 살에 박히는 햇볕들. 사이, 먼지들. 동네를 한참 돈다. 햇볕을 받으니, 머리털이 수북해지고, 살도 조금 찌는 것 같다. 그럼에도 너무 강한 햇볕.

걷다가, 생각하는 거다. 침대를 전회하며 사는 삶. 아름답고 소박하게 오가는 삶. 선배님도, 선생님도, 아마 조상님도 하시던 꾸밈없는 삶.

걷다가, 망고주스를 사 마신다. 여기는 냉동이기는 하지만, 망고를 제법 많이 넣고 갈아 주는 카페다. 테이크아웃을 하고, 쪽쪽 빨아 먹으며 걷다, 그늘 밑 잠시 선다. 서늘하고, 망고는 더 달게 느껴지고. 손을 뻗어 햇볕을 만져 본다. 망고의 빛깔은, 아니 망고의 속살은 햇볕을 닮았다고 생각한다.

뒷모습이 없어 부치지 못하겠지만, 편지를 쓰리라고 생각한다. 나는 나의 손등을 어렵게 더듬어 본다. 햇볕이 망토처럼 펄럭인다. 망토처럼 펄럭이는 햇볕은 물질과 에너지를 잠재성으로 엮어 낸 것이라고 생각한다. 펄럭이는 망토 사이로 얼핏 보이는 저기, 거기…….

바람이 불고, 저기서 철쭉이 짜증 나게 떨어진다. 잡초는 서로 비벼 대며 소음을 만든다. 나는 눈을 질끈 감고, 입술은 동그랗게 말고, 바람의 박자에 맞춰 휘파람을 준비한다. 아, 말아 피우고자 챙겨 둔 백지를 꺼낸다. 그런데 백지에서 난데없는 글이 생겨난다. "나는 주인공처럼 군다. 그래서 이 삶이, 이 실패가 너무도 분하다."

타이피스트 시인선 006

비세계

1판 1쇄	2024년 11월 10일
지은이	변선우
펴낸곳	타이피스트
펴낸이	박은정
편집	박은정
디자인	코끼리
출판등록	제2022-000083호
전자우편	typistpress22@gmail.com
ISBN	979-11-989173-2-4

° 이 책은 서울특별시, 서울문화재단 '2022년 첫 책 발간 지원사업'의 지원을 받아 발간되
었습니다.
° 이 도서는 2024년 문화체육관광부의 '중소출판사 성장부문 제작 지원' 사업의 지원을
받아 제작되었습니다.